LOUIS DENAYROUZE

LA

BELLE PAULE

Fantaisie en un acte, en vers

PARIS
LIBRAIRIE DES BIBLIOPHILES
Rue Saint-Honoré, 338

M DCCC LXXII

LA

BELLE PAULE

LOUIS DENAYROUZE

LA

BELLE PAULE

Fantaisie en un acte, en vers

PARIS

LIBRAIRIE DES BIBLIOPHILES

Rue Saint-Honoré, 338

M DCCC LXXII

NOTE

SUR

LA BELLE PAULE

La belle Paule est un personnage parfaitement historique dont la beauté extraordinaire resta célèbre en France durant tout le XVIe siècle.

Paule de Viguier (tel fut son nom de jeune fille) fut choisie à l'âge de quatorze ans pour présenter les clefs de la ville de Toulouse au roi François Ier qui, bon appréciateur, comme on sait, des mérites des dames, donna à l'enfant ce nom de la Belle Paule sous lequel elle fut désormais désignée.

Elle fut mariée une première fois au sire de Beynaguet, conseiller au parlement de Toulouse, que les chroniques du temps qualifient de « prompt et vaillant capitaine ». Les mêmes chroniqueurs rapportent que Paule ne pouvait sortir sans être aussitôt suivie d'un cortége d'admirateurs. La voix publique en fit bientôt la première des quatre merveilles de Toulouse, énumérées dans ce distique patois :

La bello Paoulo, San Sarni,
Lou Bazaclé, Mathali.

(La belle Paule, l'église de Saint-Sernin, le moulin du Bazacle, Mathalin, musicien fameux à cette époque.)

Un des faits les plus curieux relatifs à la belle Paule est le suivant, rapporté le plus sérieusement du monde par la marquise de Lambert.

Lasse sans doute, aussi bien que son mari, d'exciter à tel point l'attention de tous, Paule prit le parti de s'enfermer chez elle et de ne plus se montrer. Alors il ne tarda pas à se former sous ses fenêtres de vrais attroupements d'amoureux. Ces rassemblements dégénérèrent en une sorte d'émeute à la suite de laquelle les Capitouls crurent devoir intervenir dans l'intérêt de la tranquillité de la ville. Ils condamnèrent Paule, par un arrêt en bonne forme, à se promener en public le visage découvert, un certain nombre de jours par semaine.

Paule conserva sa beauté jusqu'à l'âge le plus avancé. Elle avait déjà quarante-cinq ans lorsque Catherine de Médicis se détourna de sa route exprès pour voir cette merveille qu'elle ne trouva pas au-dessous de sa réputation. Le connétable de Montmorency professa pour elle l'admiration la plus vive, et le nombre de ceux qui l'aimèrent est incalculable.

La manifestation la plus originale de toutes les passions qu'elle inspira fut, sans contredit, un livre du sénéchal du Rouergue, le sire de Minut. Cet ouvrage, extrêmement rare et curieux, réimprimé à un petit nombre d'exemplaires par les soins de l'éminent bibliophile Jacob, est intitulé : *Paule-Graphie* (description de Paule), et il est entièrement consacré à la peinture des perfections, même les plus secrètes, de cette merveilleuse beauté.

La belle Paule occupa d'ailleurs un rang distingué dans la société des femmes élégantes et lettrées de son temps. Il est resté d'elle des vers fort gracieux.

PERSONNAGES :

Le comte DE BEYNAGUET, 60 ans.

CLAUDE CAZALIS, 1er capitoul de Toulouse, 70 ans.

La Belle PAULE, comtesse de Beynaguet, 30 ans.

ISAURE DE VILLEFRANCHE, même âge.

GASTON DE LIGNIVILLE, âge indéterminé, inférieur à 20 ans.

La scène se passe à Toulouse, sous François Ier.

LA
BELLE PAULE

Le théâtre représente une salle de réception du XVIe siècle. Dans un coin, à droite, une glace de Venise; dans les panneaux, des portraits de famille. Une porte principale au fond; une porte latérale à gauche, donnant sur les appartements particuliers de Paule.

Au lever du rideau, Paule, en grande toilette du temps, est assise devant la glace. Odette répare quelque désordre dans sa coiffure; Isaure est assise au premier plan.

SCÈNE PREMIÈRE.

PAULE, GASTON, ISAURE.

(Gaston porte un costume de suivante et répond au nom d'Odette. Pendant la scène, il va et vient pour chercher

1.

sur une table des fleurs, qu'il dispose dans la chevelure de Paule.)

GASTON.

Encore cette boucle !

PAULE.

Allons, plus vite, Odette.

(A Isaure, en montrant Gaston.)

Elle n'aurait jamais terminé ma toilette !
Était-elle aussi longue à tresser tes cheveux?

ISAURE.

Ni plus, ni moins.

(Bas à Gaston qui passe.)

Gaston, finissez, je le veux.
Vous allez vous trahir.

PAULE.

Que sa main est peu sûre !
Tiens ! vois comme elle tremble.

ISAURE.

Ah ! tu me sembles dure :
Elle fait son possible, et tu grondes toujours.

PAULE.

Mais de cette lenteur je me plains tous les jours,
Et ce défaut ne fait qu'empirer.

ISAURE, *riant.*

Pauvre Paule!

(*En ce moment, Gaston, qui finit de disposer les fleurs, dérobe un baiser sur une des tresses de Paule. Isaure surprend le mouvement.*)

Un baiser!..... Il va bien! Je joue un joli rôle!

(*A Gaston qui passe.*)

Je vous fais pénétrer chez elle, et vous osez
Sous mes yeux, beau cousin, lui voler des baisers?
Quel vaurien, avec ces airs de demoiselle!
Sauvez-vous, ou sinon.....

Gaston s'éloigne et ne sort pas; Paule se lève.)

ISAURE.

Comme te voilà belle!

PAULE.

Bon! vas-tu m'ennuyer comme mes amoureux?

ISAURE.

Ne te moque donc pas de tous ces malheureux;
Il sied mal au bourreau de railler la victime.

PAULE.

Quoi! tu prends leur parti?

ISAURE.

Mais oui; quel est leur crime?
Moi, je les trouve à plaindre et non pas à blâmer.

PAULE.

Comment! lorsque j'en suis réduite à m'enfermer.....

ISAURE.

Mais l'amour.....

PAULE, *ironique.*

Oh! l'amour!....

ISAURE.

Tu dis?.....

PAULE.

Rien... .

ISAURE.

Je t'en prie.

PAULE.

L'amour !... je n'y crois pas.

ISAURE.

Mais.....

PAULE.

Pure rêverie !

ISAURE.

Tu conviendras du moins que le rêve est charmant.

PAULE.

Je ne rêve jamais : je dors tranquillement.
Quand le songe est trop beau, le réveil est trop triste.
L'idéal qu'on se fait, crois-tu donc qu'il existe ?
Je le vois tel qu'il est sous ses déguisements,
Cet amour, le plus faux de tous les sentiments.
Noble et pure amitié, dévouement, sacrifice,
Ce sont autant de noms qu'il prend par artifice :
Mais sous ces beaux dehors il n'est qu'intéressé :
Il ne persiste plus dès qu'il est repoussé ;

Et lorsque, d'aventure, il vit d'une espérance,
C'est que d'un prix lointain l'espoir lui fait l'avance.
On savait mieux aimer, on aimait plus longtemps
Jadis; et les dédains et l'absence et le temps
Ne décourageaient pas si promptement nos pères.
Certes, j'admire aussi ces amours légendaires
Des chevaliers errants, des preux, des troubadours,
Dont on mourait parfois, dont on souffrait toujours...
Mais dans ce siècle-ci !.....

ISAURE.

Trêve de raillerie !
On meurt encor d'amour.

PAULE.

Quelle plaisanterie !

ISAURE.

Je me tais : la beauté niant ainsi l'amour,
C'est le soleil niant la lumière du jour !

PAULE.

Quoi ! même de ta part ces fadeurs dont j'enrage !
Pourquoi Dieu m'a-t-il fait ce corps et ce visage ?
J'ai des velléités de me défigurer.

ISAURE.

Eh! que ne le fais-tu? je dois le désirer :
Quelle femme de toi ne serait pas jalouse?
Tu ravis tous les cœurs!..... Il faut être à Toulouse
Et te voir, pour comprendre un pareil engoûment.
Tout un peuple amoureux, c'est bizarre vraiment!
Mais ces fous de Gascons.....

PAULE.

Ah! j'en suis excédée!
Et je voudrais, ma chère, être vieille et ridée
Comme l'original du portrait que voilà,
Pour me débarrasser de cette engeance-là.

ISAURE.

Dieu devrait t'exaucer!

PAULE.

Qu'il m'en fasse la grâce!

(A Gaston qui trépigne.)

Odette, qu'as-tu donc? tu ne tiens pas en place?

GASTON.

Je m'en vais, vos propos me mettent hors de moi.

SCÈNE II.

PAULE, ISAURE.

ISAURE.

Attrape!..... Mais aussi comment, de bonne foi,
Étant femme, peux-tu te plaindre d'être belle?

PAULE.

Ainsi, tu ne crois pas ma colère réelle?
Sais-tu bien qu'il n'est pas d'ennui ni de tourment
Que ne m'ait attiré ce don fatal?

ISAURE, *ironique.*

Vraiment?

PAULE.

J'ai d'abord supporté les soupirs, les œillades,
Les fades compliments, les vers, les sérénades,
De tous les importuns à qui ces jeux plaisaient :
Ils me semblaient bouffons, d'abord, et m'amusaient.
Mais depuis quelque temps ils prennent trop d'audace :
Aussitôt que je sors, en tous lieux où je passe,
Je trouve sur ma route, à l'avance apostés,
Des groupes de badauds aux regards effrontés.
Lasse de tout cela, pour être un peu tranquille,
Depuis un mois déjà je n'allais plus en ville,
Croyant me délivrer de tous ces enragés.
Mais crois-tu que mes fous se soient découragés?
Point. Jurant de me faire avant peu reparaître,
Ils viennent s'attrouper le soir sous ma fenêtre
Et troublent le quartier par des charivaris;
Si bien que, mes voisins demandant à grands cris
Qu'il soit mis, au plus vite, ordre à leur turbulence,
Les échevins, dit-on, prétendent par sentence
M'obliger à paraître en public.

ISAURE.

C'est bien fait!
Te voilà prise au piége, et le tour est parfait.

PAULE.

Mais tu n'y songes pas : c'est absurde, au contraire;
Ce doit être, à coup sûr, une farce grossière
Que de mauvais plaisants.....

SCÈNE III.

LES PRÉCÉDENTS, M. DE BEYNAGUET.

(Depuis quelques instants, on entend des rumeurs au dehors.)

M. DE BEYNAGUET, *entrant brusquement.*

Écoutez ces marauds!
Tenez! ils sont en bas plus de mille badauds :
Il paraît qu'à midi ces échevins du diable
Vont nous signifier cet arrêt impayable.

ISAURE.

Hein! c'est galant, j'espère.

M. DE BEYNAGUET.

Est-ce assez curieux?
De graves magistrats! Des hommes sérieux!
Ces Gascons naissent-ils la cervelle fêlée,
Ou leur maudite ville est-elle ensorcelée,
Que tous ses habitants semblent autant de fous?
C'est à penser, vraiment, qu'on se moque de nous!
Si jamais chroniqueur racontait cette histoire,
Qui diantre, dans cent ans, s'aviserait d'y croire?
Des juges empiétant sur les droits des maris!
C'est trop fort!

(*A Isaure.*)

Vous riez?

ISAURE.

Certainement, je ris.
Laissez-les admirer votre femme à leur aise.
Quel mal y voyez-vous?

M. DE BEYNAGUET.

Hein?..... Ne vous en déplaise,
J'aime garder mon bien.

(*Il montre une grosse clé et fait un geste significatif. Les clameurs redoublant, il va vers la fenêtre.*)

ISAURE.

Que me disais-tu donc ?
Mais c'est lui qui t'enferme, il me semble.

PAULE.

Pardon !.....
Je n'osais l'avouer.

ISAURE.

A ta meilleure amie ?.....
Va, je me doutais bien, ô ma belle endormie,
Que ce calme apparent devait être affecté.
Je ne pouvais pas croire à tant d'austérité.
Quand tu niais l'amour avec tant d'assurance,
Je cherchais le secret de cette indifférence.
Le voilà donc !

M. DE BEYNAGUET.

Voici ces capitouls damnés.
Bast! Je vais leur fermer la porte sur le nez.

PAULE.

Vous oserez.....

M. DE BEYNAGUET.

Tant pis! De pareils lunatiques!

ISAURE.

C'est cela, des dévots faites des fanatiques!...
Ils feront enfoncer la porte : voilà tout.

M. DE BEYNAGUET.

Rentrez!

PAULE.

Ma foi, monsieur, vous me poussez à bout.
Non!

M. DE BEYNAGUET.

Hein! Vous refusez?

PAULE.

Oui, monsieur, je refuse.
Je ne puis pourtant pas toujours vivre en recluse.

M. DE BEYNAGUET, *la prenant par la main.*

Pardieu! C'est du nouveau? nous verrons.....

PAULE.

Permettez!
Puisque vous en venez à ces extrémités,
Je vous le dis tout net : Cet hommage si rare

D'un peuple entier me plaît sous sa forme bizarre.
Je suis femme, après tout, et j'ai ma vanité.
Si l'éloge qu'on donne à ma faible beauté
Vous vexe, fâchez-vous pour votre propre compte;
Moi, j'aime cet encens, je l'avoue à ma honte.

ISAURE.

Bien dit!

M. DE BEYNAGUET.

C'est bon... plus tard...

(On entend un bruit croissant.)

Ils entrent, par ma foi!

UN LAQUAIS.

Messieurs les Capitouls!

ISAURE, *à Paule.*

Je me cache chez toi!

SCÈNE IV.

PAULE, M. DE BEYNAGUET, LES CAPITOULS DE TOULOUSE, AVEC CLAUDE CAZALIS A LEUR TÊTE.

M. DE BEYNAGUET.

Vous avez décrété qu'on pourrait voir ma femme
Malgré moi. La voici, contemplez-la.

CLAUDE, *s'inclinant.*

Madame !...

(*Se redressant.*)

Vous m'excusez, je dois remplir ma mission;
Elle est pénible.

(*Déployant un parchemin.*)

Avec votre permission.

(*Haut.*)

Ce jourd'hui, le conseil séant au Capitole,
Ouïs divers voisins de noble dame Paule,
Mariée à très-haut seigneur de Beynaguet,

Commandant des archers et des veilleurs du guet,
Arrête ce qui suit sur le point en litige :

Attendu que ladite dame est un prodige
A la fois de vertu, de grâce et de beauté ;
Attendu qu'au procès il n'est pas contesté
Qu'à tous les Toulousains elle a tourné la tête ;
Attendu que, depuis le jour de sa retraite
Le bruit que son mari soupçonneux et jaloux
Prétend la retenir longtemps sous les verroux
Comme un malheur public émeut toute la ville ;
Attendu qu'un quartier jusqu'ici fort tranquille
Par des cris et des chants est troublé chaque soir ;
Attendu que, réduits au dernier désespoir,
Les susdits amoureux nous paraissent capables
D'en venir par la suite à des actes coupables,
Car ils parlent déjà d'assaillir la maison
Où leur belle languit comme en une prison ;
Attendu que d'ailleurs, pour que la paix renaisse,
Il suffit que la dame en public reparaisse.

Par ces motifs, empreints de haute gravité,
Ledit conseil ordonne à l'unanimité
Qu'à partir d'aujourd'hui, deux fois chaque semaine,
Paule de Beynaguet en public se promène,
Sans voile trop opaque ou fichu trop épais.

Et, désireux de voir tous les quartiers en paix,
Il fixe prudemment le lieu de promenade
Au centre de Toulouse, au quai de la Daurade.
D'ailleurs, pour que l'époux, vieux et laid cavalier,
Ne se figure pas qu'on veut l'humilier
Par un trop grand contraste avec sa jeune femme,
On ne le force pas à conduire la dame ;
Celle-ci fera choix d'un aimable seigneur,
S'il s'en trouve qui soit digne d'un tel honneur.

PAULE.

Messieurs, ce jugement me rend toute confuse,
Mais je m'y soumettrai si...

M. DE BEYNAGUET.

Moi, je m'y refuse !
Nous partirons plutôt que de l'exécuter !
Quelle ville de fous ! venir me tourmenter
Dans la possession paisible de ma femme !
Je me moque pas mal, après tout, de la flamme
De ces écervelés que vous administrez ;
De faire le bonheur de tous les désœuvrés,
Madame, par hasard, a-t-elle pris la charge ?
Qu'ils viennent s'y frotter, s'ils l'osent, je me charge
De donner proprement la chasse à vos muguets.

On connaît, Dieu merci, le bras des Beynaguets.
Je veux mon bien pour moi, qu'on vienne me le prendre!

CLAUDE, *qui a quitté ostensiblement son rôle officiel pour causer avec Paule.*

On dirait, cher ami, que tu veux nous pourfendre;
Calme-toi... puis, voyons si tu sais raisonner;
Trouve-nous seulement une excuse à donner
Pour colorer un peu ton égoïsme infâme :
Du matin jusqu'au soir tu possèdes ta femme,

(*A l'oreille.*)

Et même, apparemment, du soir jusqu'au matin.

(*Haut.*)

Ne peut-on ramasser les miettes du festin?
Lorsque l'on tient la proie, on laisse l'ombre aux autres.
C'est bien le moins.

M. DE BEYNAGUET.

Messieurs, faites-vous les apôtres
De ces doctrines-là, s'il vous convient, chez vous :
Chez moi, c'est autre chose, et j'entends...

CLAUDE, *sortant des gonds.*

Vieux jaloux!

M. DE BEYNAGUET.

Permets...

CLAUDE.

Tu peux crier et faire du tapage,
Protester, tempêter, essayer d'un voyage,
Si tu ne te fais Turc, ailleurs tout comme ici,
Tu n'échapperas pas à ce même souci.
Quiconque la verra s'enflammera pour elle;
Tu le sais bien, voyons, c'est chose naturelle.
Tiens! que diable! moi-même, à mon âge, je sens
Que je deviens près d'elle aussi vert qu'à seize ans.

M. DE BEYNAGUET.

C'est ça : fais-lui la cour, en public, à ma barbe!

CLAUDE.

Puisse Dieu te vouer au sort du roi de Garbe!
Vas-tu pas t'offusquer d'un galant tel que moi?
Je voudrais mériter cet honneur, par ma foi!

PAULE.

Monsieur Claude!...

CLAUDE.

Sa voix apaise la tempête!...

(*A Paule.*)

Vous le voulez, je cesse.

(*A Beynaguet.*)

Allons! mauvaise tête!...
Prends, si tu veux, une heure afin de réfléchir...
Madame, nous comptons sur vous pour le fléchir.

PAULE, *s'inclinant, aux Capitouls.*

Messieurs,

(*A Claude.*)

Restez, j'aurais quelque chose à vous dire.

(*Les Capitouls sortent; M. de Beynaguet les accompagne en gesticulant et en discutant vivement avec l'un d'eux. — Huées au dehors.*)

SCÈNE V.

PAULE, CLAUDE.

CLAUDE.

Madame, vous avez un bien mauvais sourire;
Et, si j'étais prudent, je fuirais loin d'ici.

PAULE.

Mais non, je veux avoir la clef de tout ceci :
Qui donc a machiné cette affreuse malice ?
Quel rôle y jouez-vous, auteur, acteur, complice ?

CLAUDE.

J'ai minuté l'arrêt moi-même, voilà tout.

PAULE.

Vilain !

CLAUDE.

A-t-il du moins été de votre goût ?

PAULE.

Fi ! vous égratignez avec une caresse.
Je vous en veux à mort !

CLAUDE.

A mort ! quelle tigresse !

(Il lui prend la main.)

Ces ongles roses-là m'inspirent une peur !...

PAULE.

Asseyez-vous... pas là, plus loin, méchant moqueur!...
Et si je résistais, voyons?

CLAUDE.

Peu nous importe!
Nous appelons alors, pour nous prêter main forte,
Tous nos jeunes seigneurs en guise de recors.
Nous leur donnons le droit d'appréhender au corps...

PAULE, *vivement.*

Hein?...

CLAUDE.

Votre mari seul, rassurez-vous, Madame;
On le séquestrera jusqu'au jour où sa femme
Voudra bien se soumettre à l'arrêt et sortir.
Si vous laissez longtemps mons Beynaguet pâtir,
On pourra sans effort lui mettre dans l'idée
Que, s'il est bien tenu, sa femme est mal gardée.
Aussi cédera-t-il avant qu'il soit longtemps.

PAULE.

Quel âge avez-vous donc, monsieur Claude? Vingt ans?

CLAUDE.

Au demi-siècle près, mon Dieu, c'est bien mon âge.

PAULE.

Et dire qu'on vous doit le respect... quel dommage!
Moi qui voudrais vous battre!...

CLAUDE.

Eh bien! vous avez tort!
J'ai l'air fou, je suis sage... Hélas! quel triste sort
Que celui des vieillards ennuyeux et moroses!
Pour moi, j'aime toujours les femmes et les roses,
Le feu clair, le vin gai, le rire et les chansons,
Et faire le hibou dans l'arbre des pinsons
N'est pas encor, madame, un rôle qui me plaise.
Qu'arrive-t-il aussi? Qu'on me laisse à mon aise
Réchauffer ma vieillesse au feu des jeunes cœurs.
Qu'importent, dites-moi, vos sourires moqueurs,
Et vos regards malins, et vos taquineries,
Ripostes de rigueur à mes galanteries?
Que pour tout mon bonheur je paye un prix léger,
Est-ce trop?... Et pourtant, si je puis me venger,
Je le fais... Aujourd'hui, c'est mon jour de vengeance.

PAULE.

Ainsi vous convenez de votre impertinence :
Ce n'est pas malheureux !

CLAUDE.

Ai-je au moins mon pardon ?

PAULE.

Soit, vous l'avez.

CLAUDE.

Sans plus ?

PAULE.

Et que vous faut-il donc ?

CLAUDE, *lui baisant la main.*

Encore quelque chose.

PAULE.

Eh quoi ! toujours le même ?

CLAUDE.

Voudrais-je donc changer tandis que je vous aime ?

PAULE.

Allons! bon! vous aussi vous me ferez damner?
Enfin..... plus qu'à tout autre on peut vous pardonner,
Car, galant par nature avec toutes les dames,
Vous me faites la cour comme à tant d'autres femmes.

CLAUDE.

Non; vous êtes pour moi la Reine des Beautés,
Mais je conviens que j'aime un peu de tous côtés.
Je suis sans préjugés : duchesses et bourgeoises,
Fillettes de la ville ou fraîches villageoises,
Yeux d'azur ou de jais, cheveux d'ébène ou d'or,
Je sais tout admirer; mes yeux sont bons encor,

(*La regardant amoureusement.*)

Et je m'en sers toujours.

PAULE.

Je m'en aperçois.

CLAUDE.

Dame!

PAULE.

Vous êtes connaisseur, j'imagine.

CLAUDE.

Madame,

J'ai bien quelque pratique.....

PAULE.

... acquise un peu partout.

Eh bien! vous me direz si je n'ai pas bon goût

Aussi : vous allez voir ma nouvelle suivante.

(Elle sonne.)

Ne vous enflammez pas, au moins; elle est charmante.

(Gaston entre, toujours costumé en femme.)

SCÈNE VI.

LES PRÉCÉDENTS, GASTON.

PAULE, *à Claude.*

Voyez!

GASTON.

Madame!

(Jeu de scène muet. Il aperçoit Claude qu'il connaît, et s'arrête court avec un geste significatif.)

CLAUDE.

Ah bah ! je rêve ? Non, c'est lui !

(A part, avec un geste indiquant une chute, en regardant Paule.)

Elle aussi !..... Mais à qui se fier aujourd'hui ?

PAULE, *les regardant l'un après l'autre.*

Eh bien ! qu'avez-vous donc tous deux ? Oh ! je devine.
Est-ce que par hasard ?..... C'est charmant..... J'imagine
Qu'en allant voir Isaure..... Ah ! je le lui dirai !

GASTON, *à part.*

Je suis perdu.

(A Claude.)

Monsieur, je vous expliquerai.....

CLAUDE, *à Gaston.*

Ah ça ! vous me prenez pour un nigaud, je pense.

(Paternellement.)

Vous êtes, mes enfants, tous deux d'une imprudence.....

PAULE.

Hein?

CLAUDE.

Mais, heureusement, malgré mes cheveux gris,
Je suis toujours resté l'ennemi des maris.

PAULE.

Que dit-il là?

CLAUDE.

Pourtant, il faut que je vous blâme :
C'est trop vous hasarder; cachez-vous mieux, madame.
On ne le verrait pas : c'est vous qui le montrez.

PAULE.

Qui donc? Êtes-vous fou?

CLAUDE.

Vrai, vous me fâcherez.
Pourquoi vous défier?.... Il n'est plus temps, en somme;
D'ailleurs, j'étais déjà l'ami de ce jeune homme.

PAULE.

Un jeune homme!

CLAUDE, *ironique.*

Bien dit!

PAULE, *allant furieuse à Gaston.*

Que c'est lâche!

CLAUDE.

Comment!

C'est sérieux?

PAULE.

Son nom?

CLAUDE.

Ah! mauvais garnement!

C'est Isaure qui va trouver l'histoire bonne!
Quel gaillard, pour son âge! Eh mais, Dieu me pardonne,
Ne me disait-on pas encore l'autre jour.....
Oui..... qu'il s'était noyé par désespoir d'amour.

PAULE.

Voyons, son nom!

CLAUDE, *à part.*

Ma foi, qu'il le dise lui-même.

(*A Paule.*)

Vous me causez, madame, un embarras extrême.

GASTON, *s'avançant.*

Gaston de Ligniville.

PAULE.

Ah bah!..... C'est un faux nom,
C'est celui d'un cousin d'Isaure.

CLAUDE.

Mon Dieu, non.
Il vous dit vrai, madame.

PAULE.

Isaure est sa complice!

(*A Gaston.*)

Parlez donc! vous voyez que je suis au supplice.

GASTON.

Madame, je me sens bien coupable envers vous :
Je devrais implorer mon pardon à genoux,
Car il n'est pas d'excuse à ma supercherie.

PAULE.

Mais a-t-on jamais vu pareille effronterie ?

GASTON.

Je voulais jusqu'à vous pénétrer à tout prix.
Un seul moyen s'offrait, madame, je l'ai pris,
N'ignorant pas, d'ailleurs, que j'expierais mon crime
Tôt ou tard : m'y voilà tout prêt.

PAULE, *ironique.*

Pauvre victime !
Comme sur votre sort je dois m'apitoyer !
On ne court pas grand risque à vous laisser noyer.
Vous savez revenir sur l'eau ; c'est un mérite
Dont vous permettrez bien que je vous félicite.

GASTON.

Ah ! vous me punissez par trop cruellement :

Vous pouvez, il est vrai, m'accabler justement
Et de votre dédain et de votre colère;
Mais cette raillerie, hélas! est trop amère,
Et vous verrez dans peu si je la méritais.

PAULE.

Vous vous tuerez..... encore..... Allons, je m'en doutais.

GASTON.

Vous êtes maintenant injuste, je le jure.
Mais je puis et je veux tout souffrir sans murmure.
Au surplus, mes discours ne serviraient de rien;
Mon sort est désormais fixé, je le sens bien,
Puisque vous vous montrez de la sorte offensée
Cependant, je ne puis supporter la pensée
De vous laisser de moi ce mauvais souvenir.
Je serai, je l'espère, absous dans l'avenir,
Si vous daignez jamais interroger Isaure.

PAULE, *toujours ironique.*

Au revoir, cher monsieur!

SCÈNE VII.

LES PRÉCÉDENTS, ISAURE, SORTANT DE L'APPARTEMENT DE PAULE.

ISAURE.

Un Capitoul, encore!
Je les croyais partis.

(*Voyant Claude.*)

Eh quoi! c'est vous?

GASTON, *passant devant elle.*

Adieu!
J'aurais bien dû mourir ce jour de Fête-Dieu
Où vous m'avez rendu la vie et l'espérance.

ISAURE, *le retenant.*

Du nouveau!..... Cela tourne au tragique, je pense.
Vous allez à coup sûr vous noyer de ce pas?

GASTON.

Si vous saviez!.....

ISAURE.

Enfant! ne vous pressez donc pas.

GASTON.

C'est que.....

ISAURE.

Gaston, sur vous j'ai quelques droits en somme;
Allez d'un trait chez moi vêtir vos habits d'homme,
Et revenez sur l'heure.

GASTON.

A quoi bon revenir?
Voulez-vous de nouveau m'empêcher d'en finir,
Lorsque.....

ISAURE.

Écoutez-moi donc : Allez et faites vite,
Vous pourrez vous noyer tout à votre aise ensuite.

SCÈNE VIII.

ISAURE, PAULE, CLAUDE.

PAULE.

Ce n'est pas seulement de la légèreté,
Isaure, mais.....

ISAURE.

Attends, quand je t'aurai conté
Ce qui m'a fait agir avec cette imprudence,
Tu me condamneras si tu veux, mais je pense
Que tu n'en auras pas le cœur.

PAULE.

Nous verrons bien!

ISAURE.

J'aime ce cher enfant comme s'il était mien,
Comme une mère, ou mieux comme une sœur aînée.
Il était gai, joyeux, espiègle l'autre année.

Tout à coup sans raison je le vis dépérir
D'un mal qu'on ne pouvait deviner ni guérir :
Il t'aimait, mais sachant toute espérance vaine,
Il se mourait d'amour et me cachait sa peine.
L'heure arriva pourtant où je pus tout savoir :
La fête-Dieu venue, espérant bien te voir,
Il se met aux aguets devant la cathédrale ;
Mais bientôt se répand la nouvelle fatale
Que pour toujours chez toi tu viens de te cloîtrer,
Fermement résolue à ne te plus montrer.
Alors, de son malheur mesurant l'étendue,
N'ayant d'autre bonheur au monde que ta vue
Et se voyant de toi pour jamais séparé,
Sa raison l'abandonne, il part, désespéré,
Et — l'aventure ici devient assez vulgaire —
De retour dans le parc il court à la rivière.
— Une barque longeait la rive en ce moment. —
Gaston ne la voit pas et, délibérément,
Sans un signe de croix et sans autre parole
Que ces mots murmurés : « Paule! ma chère Paule! »
Il se jette dans l'eau.

PAULE.

C'est donc vrai! pauvre enfant!

ISAURE.

On m'amène bientôt un pêcheur triomphant
Portant Gaston tout pâle et respirant à peine.

(*Elle s'arrête ici comme émue.*)

PAULE, *avec un intérêt évident.*

Achève donc!

CLAUDE, *à part, la regardant.*

O femme!

ISAURE.

Avant une semaine
L'enfant était sur pied, mais en ouvrant les yeux
Il avait murmuré qu'il était odieux
Qu'on voulût l'obliger à se tuer encore.
Comprends-tu maintenant?...

PAULE.

Je te pardonne, Isaure

ISAURE.

Oh! tout ce qu'il voulut je le promis, ma foi!

Je ne savais comment l'introduire chez toi.
Je connaissais trop bien ton Argus et toi-même
Pour oser... J'eus recours à ce vieux stratagême
Depuis longtemps déjà familier aux amours.

CLAUDE.

Vieux mari, vieux moyens!... ça réussit toujours.

PAULE.

Je voudrais... je devrais être bien en colère,
Et je ne puis.

CLAUDE.

Parbleu!

PAULE.

Mais à présent que faire?

CLAUDE.

Mon Dieu, je ne sais trop, Madame; en pareils cas
Les conseils à donner sont assez délicats,
Et je m'abstiens.

PAULE, *à Isaure.*

Et toi?

ISAURE.

Moi, j'ai bien une idee.

PAULE.

Dis vite!

ISAURE.

Ma foi non, car je suis décidée
A te forcer la main de nouveau.

PAULE.

Bah! vraiment?
Et tu te passeras de mon consentement?

ISAURE, *à Claude.*

Oui! mais j'ai besoin d'aide en cette circonstance.
Monsieur Claude, avec moi faites-vous alliance?

CLAUDE.

Contre un mari? parbleu!

ISAURE.

Pour nous entretenir
Nous sommes mal ici...

(Ils se dirigent vers le fond.)

PAULE.

Mais Gaston va venir

ISAURE.

Eh bien?

PAULE.

Si cet enfant ne trouve plus personne?

ISAURE.

Et toi?

PAULE.

Mais je vous suis, je veux savoir...

ISAURE.

Pardonne :
Comme je te l'ai dit, nous agirons sans toi.

PAULE.

C'est trop fort, à la fin... tu disposes de moi..

ISAURE.

Non, reste! N'as-tu pas des excuses à faire
A ce pauvre garçon? Prépare-les, ma chère.

SCÈNE IX.

PAULE, *seule.*

Eh bien, oui! je redoute à présent de le voir.
Oh! quel mal effrayant j'ai fait sans le savoir,
Avec ma raillerie implacable et sanglante!
Je ne me souviens pas d'avoir été méchante
A ce point. Pauvre enfant! comme il a dû souffrir!
Si du moins la douleur avait pu le guérir
De ce fatal amour auquel il est en proie! ..
Ah! folle que j'étais, il faut bien que j'y croie
A l'amour : le voilà tel que je l'ai rêvé,
Ce sentiment discret, délicat, élevé,
Qui, né dans le mystère et grandi dans l'épreuve,
Peut fleurir, lis sans tache, au sein d'une âme neuve.

SCÈNE X.

PAULE, GASTON.

GASTON, *entrant et faisant mine de sortir.*

Pardon! Madame!...

PAULE, *le retenant du geste.*

Allons!... vous devez bien penser
Que de nouveau tous deux nous avons à causer.

GASTON.

Eh quoi! N'êtes-vous pas encore assez vengée?
Si je vous ai, Madame, à ce point outragée,
Que votre cœur se ferme au pardon généreux,
Ayez pitié de moi... je suis trop malheureux!

PAULE.

Il faut bien cependant que je me fâche encore.
Venez là... près de moi...

(Elle le fait asseoir près d'elle.)

Je sais tout par Isaure
Et je vous attendais pour vous gronder bien fort :
Est-ce à votre âge, enfant, que l'on songe à la mort?

GASTON.

Ah! quand on n'a donné qu'un but à l'existence,
Quand on n'a dans le cœur qu'une seule espérance,
Si le but poursuivi devient plus incertain,
Si l'espoir caressé s'affaiblit et s'éteint,
Dites! que voulez-vous qu'on fasse dans la vie?

PAULE.

Cette chimère, aussi, pourquoi l'avoir suivie?

GASTON.

Que me demandez-vous? Qui sait comment l'amour
Germe et mûrit en nous? On sent son âme un jour
S'inonder de tristesse et de mélancolie,
Et c'est fini!... L'amour vient comme la folie,
Apportant la douleur et chassant la raison.

PAULE.

Je veux bien m'occuper de votre guérison,
Car je puis d'un seul mot calmer cette démence :

Savez-vous ce que c'est, l'amour sans espérance?
Un mal imaginaire! — Un peu de volonté
L'eût en vous au début bien aisément dompté :
Mais voici pour guérir la recette certaine :
Demandez-vous un jour où tout cela vous mène.

GASTON.

Qu'importe? En ce moment qu'ai-je besoin d'espoir?
Je suis à vos genoux, vous me laissez vous voir,
Je n'ai jamais rêvé félicité plus haute.
Il me faut cependant le pardon de ma faute :
Mon humble amour n'a pu beaucoup vous irriter,
Son hommage en effet n'eût pas osé monter,
Sans l'aide du hasard, jusqu'à la femme aimée.
Ainsi lorsque l'on suit du regard la fumée
Qui flotte, aux jours de fête, au dessus de l'autel,
On la voit s'arrêter à mi-chemin du ciel :
L'offrande ne va pas si haut que la prière :
L'une se perd, tandis qu'invisible et légère
L'autre atteint — seule, hélas! — l'inaccessible azur.

PAULE.

Enfant! vous croyez donc encore à l'amour pur?

GASTON.

Oui! je crois que l'on peut aux côtés d'une femme
S'enivrer seulement des extases de l'âme.
Je vous aime, il est vrai, comme on aime à vingt ans;
Mon sang jeune contient les sèves du printemps,
Et j'ai des désirs fous que je maîtrise à peine
Quand votre main distraite ou votre douce haleine
Effleure mes cheveux comme un zéphyr léger;
Mais je sais dominer ce trouble passager.
C'est à la fois beaucoup et peu que je désire.
Un serrement de main, un regard, un sourire,
Me rendraient, je le sens, si pleinement heureux!...
Voyons! un tel amour n'est pas bien dangereux!

PAULE.

Il troublerait pourtant ma tranquille existence.
Je me défie un peu de vos airs d'innocence.
Avant que d'éclater, la flamme couve aussi.
J'ai vécu dans le calme et la paix jusqu'ici,
J'aurais peur... ou du moins je n'aurais guère envie
D'introduire, à mon âge, un remords dans ma vie.

GASTON.

Vous causer un souci, Madame? Moi?... grands Dieux!

Avez-vous pu me croire à ce point orgueilleux
De prétendre occuper un instant vos pensées?
L'ai-je donc essayé, dans ces heures passées
Naguère à vos côtés? Non! mon bonheur secret
N'était pas exigeant, n'était pas indiscret :
Était-il criminel? je ne saurais le croire.
Il est des biens que Dieu laisse à tous ici-bas :
La fraîcheur de la source où l'on ne peut pas boire,
Le parfum de la fleur que l'on ne cueille pas.

PAULE.

Ah! si vous disiez vrai! Mais ce n'est pas la vie,
Cela! L'on cède un jour à quelque basse envie,
Et l'on trouble la source, et l'on brise la fleur.

GASTON.

Non! mon timide amour ne peut vous faire peur;
Il est, je vous l'ai dit, d'une réserve extrême,
Et lorsque je murmure en tremblant : je vous aime,
Je me sens dans le cœur un respect si profond
Que vos yeux irrités en scruteraient le fond
Sans pouvoir y trouver de mauvaise pensée...
Mais quoi! vous persistez à vous croire offensée?
Tenez : peut-être ainsi me comprendrez-vous mieux.
J'ai formé mille fois le souhait d'être vieux

En vous voyant toujours de vieillards entourée.
Quand ils viennent chez vous passer une soirée,
Vous avez pour eux tous un visage riant,
Et c'est touchant de voir de quel air souriant,
Clémente, vous laissez, comme une souveraine,
Tous ces vieux courtisans flatter leur jeune reine.
Chacun d'eux a sa part dans votre charité :
C'est quelque mot charmant négligemment jeté,
Un geste menaçant plus doux qu'une caresse,
Que sais-je ?... Ils ont alors un regain de jeunesse,
Le sang afflue encore à leurs cœurs indigents,
Et vous voyez briller sous vos yeux indulgents,
Comme un dernier reflet des flammes juvéniles,
Les rayons sans chaleur des tendresses séniles. —
Je suis inoffensif, si je ne suis pas vieux ;
Vous pouvez donc .. Hélas ! vous détournez les yeux
Me refuserez-vous le peu que j'ose attendre ?...
Par pitié ! laissez-moi vous voir et vous entendre,
Comme vous l'avez fait jusques à maintenant.
Souffrez-moi près de vous : je suis si peu gênant !

PAULE.

Ne me demandez pas une chose impossible :
Mon Dieu ! si vous aviez le don d'être invisible,
Je pourrais vous laisser rôder à mes côtés,

Comme l'esprit follet des contes enchantés.
Mais vous garder serait une folle imprudence,
Vous devez le sentir : Je frémis quand je pense
Que Claude nous perdrait s'il était indiscret,
Et qu'un autre aurait pu surprendre ce secret.
C'est dit : vous oublierez un moment de folie.
Bientôt, d'ailleurs, j'aurais cessé d'être jolie,
Et ce premier amour n'eût pas duré longtemps.
Je suis bien vieille, allez!... je touche à mes trente ans

GASTON.

Nous verrons avant peu des choses inouïes :
Quand les roses de mai seront épanouies
Dans toute leur fraîcheur et toute leur beauté,
Elles regretteront d'arriver à l'été...
C'est pourtant la saison où leur splendeur rayonne!...
Vous me raillez toujours, c'est bien mal!... soyez bonne.

PAULE.

Il faut donc vous céder... Soit! je vous reverrai.

GASTON

Dieu!

PAULE.

Lorsqu'à l'avenir je me promènerai
Selon ce jugement qu'on est venu me lire,
Trouvez-vous sur mes pas : vous aurez un sourire.
J'espère que je vais vous rendre triomphant!
Mais quoi donc! vous pleurez?... Enfant, maudit enfant!

GASTON.

Oui, je suis malheureux!... Oui, je souffre et je pleure.
Allons! décidément il vaut mieux que je meure.
Je suis las de plier sous ce fardeau maudit
D'un espoir impossible et d'un rêve interdit.

SCÈNE XI.

LES PRÉCÉDENTS, ISAURE.

ISAURE.

C'est moi; n'ayez pas peur.... Oh! si je vous dérange,

C'est toujours pour jouer mon rôle de bon ange.

(*A Gaston.*)

Vous allez... Mais, comment! je vous trouve à pleurer?

(*A Paule.*)

Quoi! tu t'es amusée à le désespérer?
Je vois qu'il faut encor que j'arrange les choses.

PAULE.

Mais.....

ISAURE.

Pas de plaidoyers, ils embrouillent les causes!
Embrasse cet enfant; voilà mon jugement.

(*Geste de Paule.*)

Dame! tu lui dois bien un dédommagement.
Gaston, n'acceptez pas d'autre amende honorable.

PAULE.

Oh! la folle!

ISAURE.

Est-ce donc si fort désagréable?
Je n'en jugerais pas, moi, tout à fait ainsi.
Tiens, regarde-moi faire.

(*Elle embrasse Gaston sur les deux joues.*)

Un là, puis l'autre ici!
Vois donc, Paule, son front est devenu tout rose.
Démon, va!..... Ce n'est pas pourtant la même chose.

GASTON, *soupirant.*

Oh! non!.....

ISAURE, *le contrefaisant.*

Oh! non!... Monsieur, c'est vraiment bien flatteur.

(*A Paule.*)

Allons, consens, mauvaise, ou tu n'as pas de cœur.

PAULE.

Mais je ne comprends pas du tout cette insistance.

ISAURE.

Moi, je ne comprends pas du tout ta résistance.

(*A Gaston.*)

Je crois qu'on vous permet....

(*Gaston baise timidement la main de Paule.*

PAULE.

Oh! je vais me fâcher.

ISAURE.

En attendant, il est trop tard pour l'empêcher. ...
Mais le temps presse.

(*A Gaston.*)

Allons, disparaissez bien vite.

(*Elle le conduit à la porte latérale.*)

Seulement, restez là, que l'on puisse de suite
Vous trouver sous la main.

PAULE.

Que veut dire ceci ?

ISAURE.

Ne m'interroge pas, je suis la reine ici.
Oh ! ce Claude, ma chère..... une adresse infinie'
Gaston vient de trouver un autre bon génie.

PAULE.

Me diras-tu?...

ISAURE, *prêtant l'oreille.*

L'on vient ; moi, je m'esquive auss`.
Tâche de marcher droit! je t'observe d'ici.

SCÈNE XII.

CLAUDE, M. DE BEYNAGUET, PAULE.

M. DE BEYNAGUET.

Ma parole d'honneur, le tour est impayable!
Ce Claude vient d'avoir une idée admirable,
Et nos beaux damoiseaux vont être bien matés.
En verrai-je, bon Dieu, des museaux dépités,
Quand je dirai quel est le cavalier de Paule!....
Mais Odette, comment jouera-t-elle ce rôle ?
Sous l'habit d'un garçon, quel air va-t-elle avoir?

CLAUDE.

Dame! mon cher ami, nous allons bien le voir;

Isaure, en ce moment, préside à sa toilette.

(*A Paule, haut.*)

Madame, vous savez ce que l'on fait d'Odette?

PAULE, *mécontente.*

Je m'en doute, monsieur, mais.....

M. DE BEYNAGUET.

Avec quel bonheur
Je vais, dans un instant, avoir l'insigne honneur
De présenter mon page à ce conseil du diable!
Ah! ces messieurs, remplis d'un zèle charitable,
Venaient déjà m'offrir leurs fils ou leurs neveux
Pour cavaliers de Paule..... Arrière ces morveux!
Je lui donne à leur nez sa suivante pour page.
Cela s'appelle rendre outrage pour outrage.
Qu'en dis tu, chère amie?.....

(*Paule reste plus que froide.*)

Eh quoi! tu restes là,
Avec un air marri? Que veut dire cela?
Le parti que je prends viendrait-il donc, madame,
Déranger quelque choix arrêté dans votre âme?

PAULE.

De grâce, taisez-vous, cela vaudra bien mieux ;
Vous m'irritez avec vos soupçons odieux...
Vous ne voyez donc pas que je veux tout vous dire ?

M. DE BEYNAGUET.

Me dire quoi ? parlez...

CLAUDE, *à Paule.*

Ah mais ! c'est du délire !
Vous n'y pensez donc pas, madame ? il le tuera :
Quand ce vilain jaloux tout à coup apprendra
Que depuis un grand mois ce garçon vous approche,
Croyez-vous qu'il voudra vous croire sans reproche ?

PAULE, *à part.*

Je suis prise.

M. DE BEYNAGUET.

J'attends...

PAULE.

Vous voulez le savoir

Eh bien ! le cavalier que je désire avoir,
C'est monsieur Claude.

M. DE BEYNAGUET

Ah bah !

PAULE.

Croirez-vous qu'il refuse?

CLAUDE.

Eh oui! je suis trop vieux, ma foi ! je me récuse.

PAULE, *à Claude.*

Vous êtes, monsieur Claude, un ami dangereux.

CLAUDE.

Tant pis! foin des jaloux! vivent les amoureux !

M. DE BEYNAGUET.

Encor du bruit en bas !....

(Il va à la fenêtre; à Claude.)

La canaille s'amasse :
Ce sont tes Capitouls.

(*Cris au dehors.*)

Ces Gascons ! quelle race !

(*A Claude.*)

Tout est-il prêt au moins ? Regarde un peu.

CLAUDE.

C'est fait.

SCÈNE XIII.

Les Précédents, ISAURE, GASTON.

M. DE BEYNAGUET, *quand Gaston paraît.*

Enfin, la voilà donc !

(*A Paule.*)

Quel air crâne !... parfait !
Cette Odette !... vis-tu jamais plus joli page ?

PAULE, *à Isaure.*

Ce que vous avez fait est affreux.

M. DE BEYNAGUET.

Quel tapage !
Les portes de l'hôtel vont céder, par ma foi !

(*Entrent les Capitouls.*)

SCÈNE XIV.

LES PRÉCÉDENTS, LES CAPITOULS.

M. DE BEYNAGUET.

Ah ! vous voilà, messieurs. Fort bien ! permettez-moi
De présenter mon page, afin qu'il me remplace.
Il tiendra, j'en suis sûr, fort dignement ma place.

GASTON.

Je ferai pour cela tout ce que je pourrai.

CLAUDE, *à Beynaguet.*

Oh ! l'on n'en doute pas ! pourtant j'observerai

Que le choix appartient, de par notre sentence,
A madame. Il faudrait savoir ce qu'elle pense.
Ce garçon lui plaît-il ?

M. DE BEYNAGUET, *grognant.*

Pardieu ! je voudrais voir...

PAULE, *s'inclinant.*

Puisque vous le voulez !...

(*A Isaure.*)

Le trait est par trop noir !

ISAURE, *à Paule.*

Adieu, Paule, je pars, te laissant charge d'âme.

M. DE BEYNAGUET.

Allons, jeune homme, offrez votre bras à Madame.

Imprimé à Paris

PAR D. JOUAUST

Rue Saint-Honoré, 338

M DCCC LXXII

OCCVPA PORTVM
PARIS RUE ST HONORÉ
338
TYPOGRAPHIE ARTISTIQUE
338
JOUAUST
ÉDITIONS DE

www.ingramcontent.com/pod-product-compliance
Ingram Content Group UK Ltd.
Pitfield, Milton Keynes, MK11 3LW, UK
UKHW021152220726
13924UKWH00003B/1122

9 782019 705886